현재, 어르신들의 쉼터
그리고
미래, 우리들의 쉼터

요양원 일기 日記

원종성 · 오형숙 지음

좋은땅

출간 인사

나를 낳아 주신 부모님이지만,
"내 집에선 안 모신다, 아니 못 모신다."
시골에서 나 혼자 살고 싶단다.
"나는 안 갈란다, 아니 못 가겠다."
노부모님을 모시고 있는 가정이라면 흔히 오가는 대화다.
요양원!
어떤 곳이기에 우리는 망설이고 있는가?
저자가 지난 10년 동안 요양원을 운영하면서
어르신이 살아가시는 현장의 생생한 모습을
카메라에 담았습니다.
우리나라 2008년
노인장기요양보험제도를 도입한 지 15년이 되었습니다.
시행착오도 많았고,
신문 방송을 통해 손가락질도 많이 받았습니다.
그럴수록, 부족한 부분은 보완하고, 잘못된 부분은 개선하면서 노인
장기요양제도는 이제 안정기에 접어 들었습니다.
저자는 본지를 출간하면서
독자에게 감히 질문을 던지고자 합니다.
이번 카메라에 담은 어르신의 쉼터 모습을 보고
요양원이 일반인들에게 올바른 평가를 받고 있는 것인지?

향후 20년 후,
우리들의 쉼터에는 무엇을 보완해야 하는지?
여러분들이 숙제를 주신다면,
여러분의 과제를 완수하여
다시 카메라에 담아 드리고자 합니다
그것이 나와 여러분이
살아갈 쉼터를 꾸며 가는 과정이기 때문입니다.
감사합니다.

목차

2부 아름다운 배웅

3부 아름다운 청사진

1부

아름다운 여정

* 본 내용은 전국 모든 요양원에서 입소 어르신을 모시는 매뉴얼로서 2023년 현재, 건강보험공단에서 실시하는 정기 평가 기준을 알기 쉽게 요약한 것입니다.

일일 세면 활동

요양원 어르신은 매일 3회 이상 양치질, 2회 이상 세면을 합니다.

통상 매 식사 직후 양치질을 하고, 아침저녁으로 세면을 합니다.

할머니의 얼굴 화장이나 머리 손질, 옷 입기 등을 도와드립니다.

혼자 하기 힘든 와상 어르신은 요양보호사가 전적으로 지원합니다.

어르신의 신체적 청결 상태 유지에 소홀함이 없습니다.

여보, 내 손을 놓지 마오

바람이 부는 날에는
찬바람 들세라
옷깃을 여미어 주었고,

비 오는 날에는
비 맞을세라
우산을 받쳐 주었고,

눈 오는 날에는
감기 들세라
겉옷을 벗어 주었던 세월

우리 떨어지면
이제는
못 볼세라
여보, 내 손을 놓지 마오

원두막

잔존 능력 유지

요양원에 입소한 어르신은 최우선적으로는 스스로 일상생활을 할 수 있도록 하며 잔존 능력 유지를 목표로 합니다. 이를 위하여 다양한 회복 훈련을 받습니다.

· 신체 기능 훈련:
  팔 운동, 손가락 운동, 연하 운동, 근력 강화 운동, 지구력 운동 등
· 기본 동작 훈련:
  일어나기, 뒤집기, 앉아 있기, 일어서기, 균형 잡기, 이동 보행 등
· 일상생활 동작 훈련:
  식사 동작, 배설 동작, 옷 갈아입기, 몸단장하기, 가사 동작 등

더 이상 무엇을 바라나이까?

장기 두는 할배친구가 있는데
내 어딜 가오리까?

손벽 치며 놀아 주는 할매친구가 있는데
내 어딜 가오리까?

손발톱 깎아 주는 쌤이 있는데
내 어딜 가오리까?

나,
지금,
더 이상 무엇을 바라나이까?

원두막

적절한 식사 제공

요양원 어르신은 매일 3회 식사와 2회 간식이 제공됩니다

어르신의 영양 상태와 신체 기능 상태에 따라 서비스 차별화가 이루어집니다.

국가기술 영양사가 식단표를 작성하며, 1식 3찬 이상으로 구성됩니다.

매일 음식 섭취량을 파악해야 하고, 미음/죽/유동식/일반식으로 세분화합니다.

식사는 가급적 어르신이 모여 함께할 수 있도록 합니다.

고진감래(苦盡甘來)

일본 순사의 칼날이 무서워
앞산 동굴로 피해 달아난 죄,

6·25 동란 총알을 피하려
남으로 남으로 피난 나온 죄,

새마을운동 잘살아 보자고
허리 안 피고 농사만 지은 죄,

깊은 밤 쌓은 정에
자식을 많이 낳은 죄,

오늘 나는
아들, 딸 앞에서
그 많은 죄를 남김없이 지우련다.

원두막

목욕 서비스

요양원 어르신은 매주 1회 이상 목욕을 해야 합니다.

목욕 전후 어르신의 상태를 관찰하여 이상 유무를 기록해야 합니다.

어르신은 정기적으로 손톱/발톱 상태, 두발 상태, 각질 상태를 관리 받습니다.

구강 상태 유지를 위해 혀, 치아, 잇몸, 틀니 상태를 확인합니다.

와상 상태의 어르신도 청결을 유지하기 위하여 침상 목욕을 합니다.

어버이날

낳실 제~ 괴로움 다~ 잊으시고,
기르실 제~ 밤낮으로 애쓰던 마음~

빨간 잎,
노란 봉오리,
하이얀 리본에,
파란 글씨의 (어버이 은혜)

희디흰 머릿결에
눈가의 주름이 깊어도,
어르신의 따뜻한 미소는
카네이션보다 아름답습니다.

그 무엇이 높다 하리오~
그 무엇이 넓다 하리오~

오두막

직원의 서비스 교육

~♡~

요양원 어르신을 모시는 전 직원은 매년 급여제공지침 10개 항목의 교육을 수료해야 합니다.

신입 사원이 들어오면 2주 이내에 서비스 교육을 받아야 합니다.

직원의 역량 강화를 위하여 외부 전문 교육도 받아야 합니다.

응급상황 대응교육, 감염예방교육, 치매예방교육, 낙상예방교육, 노인인권 보호교육 등을 수료해야 합니다.

요양원 종사자는 입사할 때, 범죄전과조회, 인권침해경력조회를 받아야 합니다.

아름다운 우리 가락

자그마한 회초리로
넓직한 궁둥이를 두들기면
삼삼오오 모여 앉아
어깨춤을 추는구나

담 너머 아낙네의
부침개 넘기는 소리와 어우러질 때
가을 대추 익어 가고
소리꾼의 노랫가락은
지칠 줄 모르는구나

원두막

자원봉사자 방문 서비스

전국 모든 요양원은 자원봉사자가 주 1회 이상 방문하여 어르신을 돌봐 드립니다.

자원봉사자는 개인 또는 단체로 활동하며, 무급 자원봉사자로 이루어집니다.

VMS(사회복지자원봉사인증관리), 1365 자원봉사포털로 공인된 자원입니다.

자원봉사의 내용은 미용 봉사, 노래 봉사, 어르신 정서 대담 등 다양하게 이루어집니다.

소소한 기도

풍년 들게 하소서
두발 걷게 하소서
손주 보게 하소서

하늘에 계신 우리 아버지
나의 소리를 들어 주소서

또 하나의 소원이 있나이다

오로지,
간절히,
편히 눈을 감게 하소서

오두막

안전한 생활 환경

요양원 어르신은 안전하고 쾌적하게 생활할 수 있도록 환경이 조성됩니다.

입소 어르신이 위험한 장소에 들어갈 수 없도록 시건장치를 해야합니다.

요양원 직원들은 위험한 물건(칼, 가위, 세제, 등)을 닿지 않도록 조치합니다.

요양원의 내부는 국가에서 지정하는 온도, 습도를 유지해야 합니다.

냄새가 나지 않도록 환기를 해야 하며, 채광이나 조명도 적정해야합니다.

세상을 바라본다

얻고, 잃는 것
이기고, 지는 것
옳고, 그른 것

너희가 배고픔에 굶주려 보았느냐
너희가 추위에 떨어 보았느냐
너희들은 병들어 아파 보았느냐

우리가 모여 말하건대

그리 탐하지 마라
고통은 시간이 낫게 하고
슬픔은 시간이 잊게 하고
추억만 시간이 흐를수록 쌓이기 마련이다.

원두막

보호자와의 의사소통

어르신이 입소한 요양원에서는 항시 면회/외출/외박이 항시 가능합니다.

(단, 응급 재난 상황에 따라 국가에서 일부 통제할 수 있습니다.)

어르신이 입소한 요양원에서는 분기별 보호자와 상담을 실시하고 있습니다.

보호자와 상담한 내용 중에서 중요한 사항은 차기 연도에 반영하고 있습니다.

요양원 내부에 보호자와 긴밀히 소통하는 상담실이 별도 마련되어 있습니다.

요양원 정책이나 지침을 안내하는 보호자 회의 혹은 소식지를 연 2회 발송합니다.

그림 속에 내 삶이

눈 길따라 흐른다
손 길따라 흐른다

하얀 종이 위에
크레파스는 흐른다

아름답게 꾸며 보이려
빨주노초파남보
일곱 색깔 무지개를 그려 봐도
촌스럽기는 마찬가지

내 솜씨를 책망해 보고
내 자신을 원망해 봐도
그림 속에는 내 삶이 녹아 있다

쌤들의 칭찬 소리에
그저 웃기만 한다.

오두막

어르신의 외부 사회적 교류

～♡～

요양원에서는 연 2회 이상 보호자/지역 주민을 초대하여 프로그램을 진행한다.

(생신 잔치, 명절 행사, 가족의 날, 어버이날, 연말연시 행사 등)

요양원에 입소한 어르신은 지역에서 주최하는 행사에 연 1회 이상 참여한다.

어르신이 사회의 일원으로 남아 있도록 사회 적응 훈련을 받습니다.

(인근 재래시장 방문, 대중 음식점 방문, 인근 놀이터 방문 등)

내가 웃고 말지요

사나이 허세로
한평생을
밖으로 돌고 돈 세월
미안하구려

손 떨리고,
다리 휘어지고
자그마한 휠체어에 쭈구려 앉은 지금에~

내게
다가온
당신의 재롱~

내가 웃고 말지요

원두막

안전한 감염 관리 활동

요양원 어르신의 건강한 생활을 유지하기 위해 감염 관리 활동은 철저합니다.

외부로부터 출입하는 입구에는 항시 손 소독제가 비치되어 있습니다.

요양원은 통상 격월제로 전문 업체로부터 전문 소독을 실시합니다.

매일 분무기 또는 소독 걸레로 손잡이, 문고리 등 일상 소독을 실시합니다.

요양원에서 사용한 주사기, 거즈, 약솜 등은 전문 의료물 폐기 업체가 수거합니다.

집에 가고파

쌤들의 손길에서
따스함을 느꼈습니다만,

쌤들의 미소에서
정겨움을 느꼈습니다만,

쌤들의 이야기 속에서
평온함을 느꼈습니다만,

꽃 피고 새가 우는
내년 춘삼월에는
목에 수건 걸고
집에 가고프다

원두막

정기적인 건강 검진

요양원 어르신은 매년 1회 이상 결핵을 포함함 건강 검진을 받습니다.

요양원 직원도 매년 1회 이상 5대 영역을 충족하는 건강 검진을 받아야 합니다.

(결핵 검진, 계측 검사, 요 검사, 혈액 검사, 영상 검사 및 판정)

감염병(메르스, 코로나 등) 유행 시에는 면회, 외출, 외박을 통제합니다.

감염 예방 전담관리자와 감염 예방 및 대응 조직을 구성하고 있습니다.

소방 훈련

가짜 싸이렌이 울리고,
허둥지둥 옥상으로,
불도 아닌데,
불났다고 난리네

빨간 통을 휘두르고 안전핀을 뽑고,
바람을 등지고 불가로 다가가선
빗자루 쓸듯이 좌우로 뿜어 본다

겁먹은 얼굴이 즐거운 추억으로 변하고,
자신 있게 외친다~

자나 깨나 불조심!   원두막

안전한 요양시설

어르신이 입소한 요양원은 매년 한국전기안전공사에서 안전점검을 받는다.

또한, 주방 및 보일러 사용에 대한 한국가스안전공사에서 안전점검을 받는다.

화재 예방을 위하여 수시로 관할 소방서에서 불시 안전 점검을 받는다.

어르신을 모시는 요양원은 화재 시 대피할 통로를 확보해야 한다.

시설관리자는 매월 요양원 자체 점검을 실시하고, 기록을 보관해야 한다.

가을 소풍

김밥에 삶은 달걀, 그리고 한 병의 사이다
철수의 가방 속보다는
영희의 옷자락에 관심이 많았던
9살의 가을 소풍,

지팡이 짚고, 휠체어 타고, 골목길 너머 동네 중앙공원
앞사람 넘어질세라 조심조심
뒷사람 못 따라올까 노심초사하는
90세의 가을 소풍
지난 추억보다 지금이 더욱 즐거운 건
지금의 가을이 더욱 소중하기 때문이다.

오두막

응급 상황 대처 매뉴얼

어르신을 모시는 요양원은 응급의료기기를 항시 보관, 관리를 하고
있다.

산소통, 산소 마스크, 흡인기, 설압자, 기도확보장치(에어웨이)

어르신의 급작스런 응급알림장치(호출벨)이 요양원 내부 곳곳에
설치되어 있다.

요양원 직원은 전원 응급상황 시 대처방법을 숙지하고 있어야 한다.

(낙상사고, 질식사고, 경력, 화상사고, 심정지 상황 등)

요양원에서는 응급재난조직과 비상연락망을 구축하고 있어야 합니다.

뜻깊은 날

먼저 가신 엄마에게 못다 한 정성,
어르신께 드립니다.
어디, 불편함이 없을까
정녕, 외로움이 없을까
더 할 수 없음에 아쉽습니다.

궂은일 마다 않고, 힘든 일 자처하는
선생님께 보답합니다.
어디, 부족함이 없을까
정녕, 서러움이 없을까
더 드릴 수 없음에 아쉽습니다.

그런
당신의 노고를 치하합니다
보건복지부장관 표창

원두막

한밤중 사고 예방

어르신이 입소한 요양원 직원들은 심야 야간 시간에도 어르신을 관찰하고 있다.

밤 10시부터 새벽 6시까지 한 명 이상의 직원이 비상 상황에 대비하여 근무를 해야 한다.

어르신의 침대 난간의 안전 상태와 어르신의 배회를 관찰한다.

야간 근무자는 대피 경로 및 마스터 키를 확인하고 있다.

야간 근무자는 출입구 잠금, 주방 잠금, 창문 개폐, 소방 시설을 점검해야 한다.

단체 영화 관람

초대권 한 장으로 세상을 모두 가졌던
스무 살의 아가씨
영화배우 목소리에 속마음을 빼앗겼던 시골 극장

사십 년의 시간 뒤에도
매달 마지막 수요일을 기다리는 설레임.
혹여나 근무 순번이 아니기를 기도합니다.

스카프를 돌려매고, 가슴에 브로치를
왼손엔 나들이 가방, 오른손엔 팝콘 가득
주민등록상 청춘은 머얼리 갔지만,
내 마음의 청춘은 녹슬지 않았습니다.

오두막

불가피한 신체 제재

~♡~

어르신이 입소한 요양원에서는 함부로 어르신의 신체를 제재해서는 안 된다.

어쩔 수 없는 상황이 발생할 경우, 사전에 보호자의 동의를 받아야 한다.

생명이나 신체에 위험을 초래할 가능성이 현저히 높을 경우(절박성),

대체할 만한 간호나 돌봄 방법이 없을 경우(비대체성),

증상의 완화를 목적으로 불가피하게 일시적으로 제재할 경우(일시성),

신체 제재를 실시한 경우, 내용과 결과를 보호자에게 통지해야 한다.

사회 적응 훈련

어느샌가 나는 뒷전이다.
나를 찾는 이 드물고,
나를 반기는 이, 찾을 수 없구나.

어느 곳인가 나의 설 땅이 없다.
나의 누울 곳은 있지만,
내가 펼칠 곳은 좁아만 가는구나.

나를 부르는 이름이 있고,
내 주머니에 동전이 남아 있는데,
길가 노점상마저 쳐다만 보는구나.

쌤 따라 장에 간다
쌤 따라 미장원 간다.
오늘부터는
내가 너를 부르마.

원두막

종합적인 욕구사정 실시

~♡~

매년 어르신의 낙상 위험도, 욕창 위험도, 인지 능력을 측정하고 있다.

어르신의 신체 상태, 질병 상태, 영양 상태 등 종합적인 욕구사정을 실시한다.

기초 평가와 욕구 사정을 토대로 매년 급여제공계획을 수립하여야 한다.

모든 직원은 급여제공계획을 기반으로 실질적인 서비스를 제공한다.

장기요양등급이나 상황이 변경되면 전반적으로 급여제공계획을 다시 수립한다.

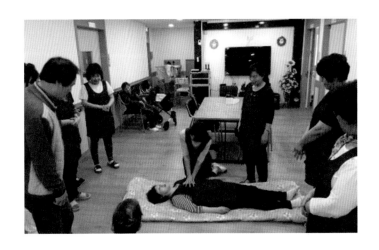

심폐 소생술(CPR)

나는 소중하다.
너도 소중하다.

내가 당신을 구할 수 있습니다.
당신도 나를 구할 수 있습니다.

더 세게~
좀 더 세게~
가슴이 아파 오고 벅차올라도~
당신은 살아야 합니다.

내가 소중한 만큼,
당신도 소중하니까요.

원두막

체계적인 사례 관리

입소한 어르신의 인지/건강 상태가 급변하여 주기적인 확인 점검이 필요하다.

최근 특이한 증상을 보이는 어르신은 집중적으로 분석하여 계획을 수정한다.

간호사, 사회복지사, 요양보호사, 조리원은 물론 시설책임자도 참여해야 한다.

집중 분석하고 재설계된 서비스 계획은 1개월 이내에 반영하여야 한다.

반영된 서비스는 결과를 재확인하고 성과를 측정, 보관하고 있다.

작은 음악회

우리들은 보았노라,
너희의 작은 움직임~

우리들은 들었노라,
너희의 작은 목소리~

우리들은 느꼈노라,
너희의 작은 운율~

하지만,
우리들 가슴엔
한없이 크고 거대하단다.

원두막

배설 상태 확인

요양원에 입소한 어르신은 배설 상태를 확인하여 후속 조치를 취해야 한다.

배설을 확인되면 즉시 기저귀를 교체해야 한다.

어르신 침실마다 이동형 좌변기가 구비되어 있다.

유치도뇨관(소변줄) 장착 어르신은 의사의 처방에 따라 청결, 관리하고 있다.

새로 입소하면 3일 동안은 집중적으로 관찰하여 어르신의 상태를 파악한다.

아침 국민체조

새벽종이 울렸네~
새 아침이 밝았네~
동네 마을회관에서 울려 퍼졌다.

핫~ 둘, 셋 넷~
구령에 맞추어
앞마당에서 보건체조를 하였다.

아랫집 춘식이는 아침잠이 덜 깨고,
건너 집 영희는 장난 삼아 흔들었다.

오늘의
아침 체조는
그 옛날과 다르다.
내 젊음을 찾아야 한다.
내 건강을 지켜야 한다.

원두막

욕창 발생 사전 차단

욕창은 어르신에게 강도 높은 고통을 줌으로 사전에 철저히 관리한다.

요양원에 입소한 어르신은 매년 1회 이상 욕창 위험도를 측정한다.

고위험자로 분류되면 분기별 1회 욕창 평가를 다시 측정해야 한다.

욕창 위험이 있는 어르신에게는 욕창 방지 예방 도구를 제공해야
한다.

욕창 위험이 있고 몸을 가누기 힘든 어르신은 2시간마다 체위를 변
경해야 한다.

욕창이 발생하면 간호사는 주 1회 이상 욕창간호처치를 하여야 한다.

지역 행사 참가

창문 너머로
슬금슬금
장구와 꽹과리 소리가
우리를 부른다

막걸리 한 잔에
부침개 한 조각
젓가락 장단에 몸을 맡겨도
나의 어깨춤은 예전 같지 않구나

너희들 잔치에
누가 되지 않는다면
휠체어에 몸 실어
오늘 하루는
함께 어울려 보련다

오두막

의약품 안전 관리

의약품의 유효기한 및 보관 상태를 분기별로 점검한다.

약품 보관함에는 잠금장치가 되어 있다.

간호사는 어르신별 투약 정보를 정확히 숙지하고 있다.

어르신에게 투약한 일시, 제공자, 약품명은 항시 기록되고 있다.

어르신에게 정확히 투여될 수 있도록 식전/식후 제공하고 있다.

옛날에 옛날에

효녀 심청이는 아버지가 장님이였다는구먼
근데, 어떻게 눈을 떴을까
거북이와 토끼는 달리기를 했는데
거북이가 이겼다는데 말이 되나

잃어버린 36년, 일제 암흑기
6·25 전쟁으로 청춘을 보내고
새마을 운동에 삽질만 하던 젊은 시절,

아이들에게
꿈과 희망을 심어 주는 동화책이
우리들에겐,
추억과 재미를 담아 줍니다

호랑이와 곶감, 혹부리 영감,
기다려집니다.

원두막

담당 의사 왕진제도

어르신이 입소한 요양원은 담당 의사(계약 의사)가 배정되어 있다.

담당 의사는 매월 2회 이상 요양원을 방문하여 모든 어르신을 진료한다.

담당 의사는 진료을 받고, 상황에 맞는 처방전을 발행한다.

요양원에 입소한 어르신은 개별적으로 다른 병원을 방문하지 않아도 된다.

급성 질환자나 중증 환자가 발생하면 2차 병원으로 진료받도록 처방한다.

순서를 지켜 주오

당신 한번,
그리고,
나 한번

지나온 삶에 부족할지라도
너~무 욕심 내지 마시구려

지나온 삶이 지칠지언정
너~무 서두르지 마시구려

지나온 삶이 얽키고 설킬지라도
너~무 화내지 마시구려

당신 먼저,
그리고,
나,

허나, 마지막 순간은 우리 함께 하시구려

원두막

물리(작업)치료

전국 모든 요양원은 요양원 내부에 물리치료실이 별도 마련되어 있다.

어르신이 입소한 중대형 요양원은 연 1회 이상 물리치료계획을 수립한다.

중대형 요양원은 물리(작업)치료사를 채용하여, 서비스를 제공한다.

물리치료실에는 물리치료 도구와 비상 호출벨이 설치되어 있다.

건강 도우미

아침 햇살이 창문 너머 얼굴을 드리울 때면
하얀 옷을 입은 백의의 천사가 나타난다

체온을 재고, 혈압을 측정하고
아픈 부위에 드레싱을 한다.

간밤에 편히 주무셨는지요
기침은 잦아드셨는지요

감기 안 걸리는 어르신이 훌륭한 게 아니라,
감기 걸리면 조속히 치료하는 어르신이 훌륭한 겁니다

우리의 건강 파수꾼,
간호사님의 노고에 감사드립니다.
건강보험공단 포상을 축하합니다.

원두막

치매예방 프로그램

요양원에 입소한 어르신은 어르신의 상태에 맞는 인지프로그램을 수행한다.

매년 실시하는 인지기능 평가결과에 따라서 수준에 맞는 그룹을 형성토록 한다.

어르신이 입소한 요양원에서는 매주 3회 이상 치매예방 프로그램을 실시한다.

어르신은 그룹별로 매주 1회 이상 치매예방 프로그램에 참여해야 한다.

어르신의 의견을 반영하여 매년 프로그램을 재편성하거나 개선하고 있다.

더도 말고, 덜도 말고, 오늘만 같아라

이번엔 콩을 넣고,
다음엔 팥을 넣자

할멈은 동그랗게
할배들은 네모낳게,

어르신은 노래하고,
쌤들은 춤을 추자

오늘 같은 날,
취하면 어떠하리,
흉보면 어떠하리,

내 몸 성하고,
손주들 온다 하니
더도 말고, 덜도 말고, 오늘만 같아라

오두막

여가 선용 프로그램

요양원에 입소한 어르신은 다양한 여가 활동이 제공된다.

매년 실시하는 욕구사정 평가에 따라서 수준에 맞는 그룹을 형성토록 한다.

어르신이 입소한 요양원에서는 매주 1회 이상 여가 프로그램을 실시한다.

어르신은 그룹별로 매주 1회 이상 여가 프로그램에 참여해야 한다.

어르신의 의견을 분기별로 수렴하고 매년 프로그램 계획에 반영하고 있다.

세상 알리미

어제 교통사고 24건,
주식은 곤두박질
북한에서는 또 핵 실험을 했다는데…

이 험한 세상에,
자식, 손주는 어찌 살아갈꼬

나는야,
배 부르고, 따스하고, 즐거움건만,
한~ 장 한~ 장
넘기는 순간마다
신음 소리 들려오네

쌔~앰
그만 신문을 덮어 주오

원두막

요양원 특별실

어르신이 입소하고 있는 요양원에는 특별실이 하나 이상 마련되어 있다.

급성 질환이 발생하거나, 격리가 필요한 어르신에게 특별실이 제공된다.

어르신의 질환이 회복되거나, 상태가 완화되면 본래 생활실로 복귀한다.

특별실에는 응급 처치 도구와 감염 예방 의약품이 항시 비치되어 있다.

요양원에 입소한 어르신의 임종을 맞이하는 용도로도 사용이 가능하다.

장~이요, 멍~이요

네모 주름판에
빨간 알, 파란 알
이리 뛰고 저리 뛰고
왕을 잡아라~

쳐들어 오면, 문 닫아 지키고,
네 틈이 보이면, 치고 오를 테다

세상사 격어 보니
고민할 게 없었거늘
아둥바둥 살아온 게
허탈하기 그지 없구나

오늘 지면, 내일 이기고
내가 이기면, 내일은 져 주마
이게 인~생~이란다

원두막

요양원의 공익 목적

어르신을 모시는 요양원은 국민 보험료로 운영되므로 투명하게 운영되고 있다.

공익 목적을 지니고 있으므로 운영위원회를 구성하여 안건을 심의 의결한다.

운영위원회는 보호자 대표, 지역 사회 대표, 사회복지 전문가, 직원 대표 등 5인 이상으로 구성된다.

운영위원회는 분기별로 개최하여 주요 안건을 심의, 의결한다.

운영위원회 의결 사항 중 대부분은 지자체에 보고하고 확인을 받는다.

네 년이 요물이구나

왼손에 노란 손수건, 오른손엔 부채 들고,
나를 부른다
가슴 치켜 올리고, 궁둥이는 실룩샐룩,
나를 홈친다.

네 목소리는 내 심장을 뛰게 하고
장구 소리는 내 옷깃을 끄집어 당기는데

내 나이 팔순이요, 나를 안고 가소서
나는 구십이요, 나를 업고 가시오

내가 부르는데, 손짓만 하는 유혹에,
네 년이 요물이구나

원두막

요양원의 정기 평가

어르신이 입소한 요양원은 공단에서 정한 운영 규정에 따라 적정하게 운영되는지 평가를 받는다.

건강보험공단은 3인의 평가단을 구성하여 3년에 한 번 심층 평가를 받는다.

평가는 5단계로 분류되며, D등급, E등급은 보완하여 재평가를 받는다.

요양원은 6년마다 재지정 심사를 받도록 되어 있으며, 공단평가 결과가 반영된다.

공단은 최우수(A등급), 우수(B등급)으로 평가받으면, 해당 요양원 홍보에 도움이 되도록 지원한다.

태어나서 지금까지

꽹과리 소리에 나는 태어났고,
우렁찬 울음으로 세상에 알렸단다

나팔 소리에 나는 춤을 추었고,
이리 둥실 저리 둥실 흥에 취했단다.

장구 소리에 나는 땀을 흘렸고,
자나 깨나 자식 생각 힘에 겨웠단다.

이제는 큰 북소리도 자그맣게 들린다.
큰북이건, 작은북이건,
내 마음속엔
똑같이 들려 온다.

원두막

요양원 직원 복지 향상

어르신을 모시는 요양원의 종사자는 희생, 봉사, 성실함 등 기본적
인 자질을 지니고 있다.

요양원 직원들에게 권익을 보호하고 복지를 증진시킴으로써 직원
의 근무 의욕을 향상시킨다.

요양원 직원이 밝고 명랑해야만 입소 어르신에게 훌륭한 서비스를
제공할 수 있다.

요양원마다 복지제도는 다양하다.

시설책임자의 역량에 따라 어르신의 서비스가 달라진다.

등산, 단체 영화 관람, 우수 사원 포상 등 종사자의 자긍심을 심어
주도록 한다.

우리는 하나

두 손 모아, 앞으로~
두 팔 벌려, 하늘로~

휠체어에 날개 달고,
침대에 엔진 달고,

가고픈 고향 앞으로
보고픈 그님 앞으로

어르신의 손뼉 소리에
우리는 춤을 추고

어르신의 웃음소리에
우리는 신이 납니다

원두막

재난 대피 훈련

요양원에 입소한 어르신은 정신적, 신체적 결함을 지니고 있다.

긴급 상황(화재, 지진, 감염 확산 등)에 대비하는 훈련을 연 2회 이상 실시한다.

활동적인 대피 훈련보다는 구조대원이 올 때까지의 도피 훈련이 바람직하다.

화재 발생 시 대비하는 간단한 소화기 사용법을 어르신과 종사자에게 연습시킨다.

재난 대비 조직을 구성하며 맡은 바 임무를 다하도록 사전 교육 및 훈련을 실시한다.

원예 프로그램

나는야, 고추 심고
너는야, 상추 심자

씨앗 뿌려, 꽃물 주고,
눈 감고 기도하자

우리네 힘 없어도
너희야 힘 내거라

훗날,
나 없거든
내 정성 가득하였다고 전해 주렴

오두막

급성 질환자 발생 대처법

~♡~

요양원에 계시는 어르신은 대부분 만성 질환이 있고, 하루하루 상황이 급변한다.

급성 질환/중증 환자가 발생하면, 최우선적으로 보호자에게 연락해야 한다.

보호자의 순간 대처가 불가능할 경우, 요양원에서 우선 응급 후송을 실시한다.

소방 119 혹은 사설 앰브란스를 이용하여 병원 후송하고, 보호자에게 인계한다.

요양원 직원은 어르신의 1차적 보호자로서의 역할을 수행하고 있다.

새로운 친구

'나보다 아래신가'
'고향은 어디유'
'자식새낀 머치슈'

풀이 죽은 얼굴에 고민 가득, 할머니
긴장하진 않았어도
말수가 적고, 보따리만 안고 있다.

하루가 가니, 양치질을 하고
이틀이 지나니, 미음을 들고
사흘이 지나더니, 말문이 트였다.

아들딸은 바쁠 거예요~
여기 신생님들이 예뻐요~
그리고,
우리 친구~~~~~합시다.

원두막

2부

아름다운 배웅

먼 길 가시는 날

그제 내린 낙엽 위에
또 하나가 겹치고
가을비가 내리더니
어제는 서로 붙들고 담벼락에 붙어 있구나

아침 따스한 햇살이
낙엽을 감싸 주어
오늘만큼은
그 어느 날보다 화사하구나

천진난만한 꾸러기들 낙서 위에
나름 어울렸던 잎새들
간밤의 소소한 바람에도
힘없이 흔들거리며 신음을 하고 있구나

가을 구름은 아직도 높게 흐르고
아이들 뛰노는 소리가 여념 없건만
마지막 잎새만이 조용히 흘러 떨어지는데
햇살과 바람 앞에 장사가 없구나

원두막

지나온 길

신문지 접어 만든 네모난 딱지를
꾸깃꾸깃 호주머니에 꾸겨 넣고
호식이와 만나자 했던
동네 골목길…
그 길이 아련합니다

빌려간 노트 속에 슬쩍 건네받은 쪽지에는
네잎 크로바가 얹혀 있고
하루 종일 천장 보며 그녀 생각에 하루를 보냈던
사랑의 하교길…
그 길이 설레입니다

밀짚모자에 그늘진 이마 위에도 땀방울이 흐르고,
지친 아랫배에서 배고픔을 알릴 때,
멀리서 이고 진 아낙네의 발걸음을 기다리던
고향의 논뚝길…
그 길이 그립습니다

마흔여덟 며느리가 지어 준 저녁상을
미안하게 받아 들고 한 숟가락 건네곤
늦은 저녁 산마루 아래 경로당으로 향하던
정겨운 마실길…
지금은 그 길도 아쉽습니다

오두막

할미꽃

우리 동네 초입에 서 있는 장승은 못생겼습니다
코도 삐뚤어지고
눈은 왕방울이라서
무섭기는커녕 우스꽝스럽습니다

웃통 벗은 꼬마 놈들이 돌멩이를 던져서
왼쪽 귀가 떨어져 나가고
바닥에 뒹구는 나무 귓땡이 옆에는
야생 풀잎들이 피고 집니다.

며칠 전에 소나기가 내리더니
맘껏 뽐내던 나팔꽃이 힘없이 주저앉았고,
그 자리엔 연록의 꽃몽우리가 자리를 잡았습니다

비록 고개를 숙이고는 있지만
비바람을 이겨 내고,
비록 예쁘지는 않지만
아름답습니다

할미꽃 ^^
우리도 당신에게 고개를 숙입니다.

원두막

더도 말고 덜도 말고, 어제만 같아라

늦가을 바람에 하나둘 떨어져 나간다

벌레 먹은 아랫가지 잎새는
어제 작별을 고하고
오늘 땅 꺼질 무렵에는
자기 몸을 이기지 못한 놈이
살랑거리는 미풍에도 흔들흔들하구나

더도 말고, 덜도 말고,
어제만 같기를 바라건데
노랗게 변해 가는 살갗에는
주름만 늘어 가는구나

꼭대기에 올라선
그놈마저 기운이 없어 보이는데
늦가을 북서풍은 매섭기만 하구나

원두막

언덕 너머 집

저녁 햇살이 따스함을 떨구고
등 뒤로 비칠 때면
언덕 너머 초가엔
하얀 연기가 피어오르고
숨바꼭질 꼬마 녀석들
엄마의 부름에 빌길음이 바빠진다

단숨에 넘던 언덕이
나, 이제
세 번 쉬고 넘는구나

손잡고 넘기에는 부끄럽고
지팡이 짚고 넘기에는 슬픈 언덕
결코, 머무를 수 없는 길,
며느리 부름에
난, 오늘도
언덕 너머 집을 쳐다만 본다

원두막

노노(老老) 케어

팔순 너머 구순으로
쓸쓸히 가는 여정에
이순 너머 칠순 복순이가
따스하게 손을 잡고 있구나

숟가락에 맞잡은 손,
걸음마로 맞잡은 손,

내가 어르신의 손을 잡은 건지
어르신이 나의 손을 잡은 건지

힘없이 부여잡은 그 손을 놓으신다면,
나는 ^^
또 다른
누구의 손을 잡고 있을꼬

오두막

엄마를 보러 간다

매월 세 번째 일요일,

휴게소를 지나갈 때면 맛있게 드시던 호두과자
오늘도 한 봉지 가방에 싸 들고,
엄마를 보러 간다.

엄마가 보고픈 건지, 의무적으로 가는 건지
안 가려는 손주들을 끌어당기며
엄마를 보러 간다.

하루하루 건강하신지, 하루하루 늙어 가시는 건지
더 좋아질거라 기대하지 않으며
엄마를 보러 간다.

고맙다고 말할까, 미안하다 말할까
더 좋은 말을 찾고자 고민하면서
엄마를 보러 간다.

바쁘다고 해야 하나, 아프다고 해야 하나
사위와 함께 가지 못하면서
엄마를 보러 간다.

면회를 마치고
뒤돌아선 엄마의 모습은
예전의 엄마가 아니었다.   원두막

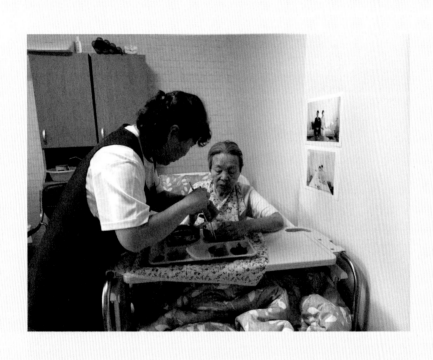

밥 씨름

한 숟가락
두울 숟가락
세에엣 숟가락
네에에엣 숟가락
다서어어엇 숟가락

한 스푼, 두 스푼
조금씩
느려진다

한 번 더요~ 한 번 더
마지못해
한 번 더~

오늘도
밥 씨름을 한다

오늘,
숟가락이 줄어들면
내일은,
주름살이 늘어난다.

오두막

이른 잠자리

아직도 이른 저녁
하나~ 둘
꺼져 가는 빛줄기

내일이 있기에
오늘을 또 한 번 보낸다

오늘을 보낸 건지
오늘이 떠나간 건지

쓰레기통을 비우는 쌤들의
발자국 소리만 자근거리는데
건너 방 기침 소리가 마음에 걸린다.

찢겨진 비닐 약봉지가
머리맡에 흩어져야
오늘 하루 갈무리되고
어르신의 숨소리가
평온하다

머리맡에 걸어 놓은 가족사진은
든든함을 더해 주고,
조금 더 끌어 올린 이불은
따스함을 더해 준다.

원두막

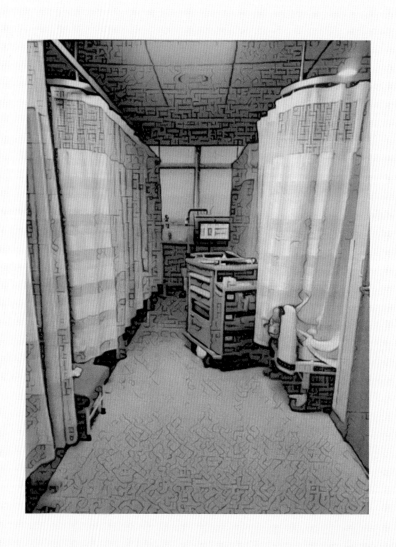

귀 빠진 날

초 꼭지에 하나둘 불을 밝히고
90개를 넘었어도 촛불 수는 조금 더 느는구나.

내 나이가 몇인고
내 나이 나도 모르는데, 너희들은 알겠느냐
박수 소리에 눈 뜨고, 폭죽 소리에 고개 드니
그제서야 생일상 한가운데 사과가 보인다.
붉은 껍질은 촛불에 비추어 반짝이건만
작년 이맘때보다 눈부심이 덜하다

생신 축하합니다~
모두들 인사해도 즐겁지 않고
가슴 한편에는 서글픔만 더하다
지나온 한 백년이 어제 같거늘
건네받은 선물도 무덤덤하구나

내일이 되면
사람들은 나를 보고 뭐라고 할꼬

원두막

목욕하는 날

따스한 물에
쌤의 손길 또한 따스하다.
오늘은 목욕하는 날,

어깨 너머로 흐르는 비눗방울 따라서
하나~ 둘
씻겨 나간다

어젯밤
찌뿌둥했던 묵은 피로가
후루~룩
씻겨 나간다.

지난달
시쿤둥했던 고질 관절통이
스르~륵
씻겨 나간다.

지난해
오락가락했던 치매 편두통이
샤르~르
씻겨 나간다

젊은 날
처자식 먹여 살리던 찌든 땀방울이
말끔히~
씻겨 나간다

어릴 적
동구 밖에서 술래잡기하던 추억마저
아스라이~
씻겨 나간다.

오두막

나의 십팔 번

해당화 피고 지는 섬마을에~
철새 따라 찾아온 총각 선생님~

손뼉은 다그다그~~ 어깨춤은 지그재그~~
반 박자 늦어도 꿋꿋하게 불러본다
노래방 가락은 한참을 앞서가노
나는야~ 내 갈 길을 가련다

눈이 가물가물하여 노래 가사는 희미하고,
앞니가 없기에, 틀니로 대신하는데,
머리는 히끗히끗하여 볼품이 덜하구나.

어떤 이는 휠체어에 몸을 흔들고
어떤 이는 지팡이로 바닥을 두들기고
어떤 이는 침대에 누워 눈을 깜빡이는데
내 귀에 들리는 노래 가락은 예년만 못 하구나.

노랫말은 생각나는 대로 흘려보내고
엇박자에 숨 돌릴 시간조차 없지만
내 어깨가 조금이라도 움직거리면
울려 퍼지는 이 노래는
나에겐 이게 '십팔 번'이란다.

원두막

봄, 여름, 가을, 겨울

마을이 내려다보이는 언덕 위
쉼터 바위 옆에는 정자나무 한 그루가 있었습니다.

그넷줄을 잡고 있던 굵은 가지에
새벽 찬 이슬을 맞이하더니
이내 노란 옷으로 갈아 입고는
손님 앞에서 마지막 자태를 뽐내 봅니다.

늦가을 바람에 마른 낙엽은
연인의 발자국 따라 사랑의 속삭임을 들려주더니
이내 타오르는 불길 속에서
초겨울의 따스함을 건네줍니다.

아마도,
차디찬 북서풍을 이겨 내고는
마지막 한 줌도
내년 봄에는 또 다른 새싹에게 스며들 것입니다.

원두막

우리 요양원

우리에겐 괘종시계가 하나 있습니다
아침 먹고 한 바퀴,
점심 먹고 한 바퀴,
저녁 먹고 한 바퀴,
물론
발자국 따라서 세월도 함께 흘러갑니다.

우리에겐 하회탈이 하나가 있습니다.
하늘 보고 빙그레,
땅을 보고 빙그레,
벽을 보고 빙그레,
물론
세상사 굴곡이 심해도 해맑게 웃으며 살아갑니다.

우리에겐 넝마주이가 하나 있습니다.
먹을 것은 입속으로,
예쁜 것은 주머니로,
휴지는 침대 속으로
물론
남의 것을 탐내는 욕심쟁이는 아닙니다.

우리는
매일

그들과 함께 합니다

원두막

먼저 가신 님

당신을 둘러봅니다.

손 뻗으면 닿을 듯한데
당신의 옷깃은 잡을 길 없네요

속삭이면 귓가에 맴돌건만
당신의 부름은 들리지 않네요

고개 들어 콧망울을 벌름거려도
당신의 땀 냄새는 오간 데 없네요

눈을 흘겨보아도,
안경 씻고 보아도,
눈을 감고 보아도,

먼저 가신 님이여~
그대 머물던 이곳에
여행 왔다 잠시 쉬어 가노라 적어 놓겠습니다.   원두막

나도야 화가

하이얀 종이 위에
선 따라서~
아니,
기분 따라서~

손가락만 한
빠알간 크레파스를 들고
안경 너머로 힐끗 보고
미소를 짓는다.

옆집 할매는
쌤들 손에 노는데
나는야,
나 홀로 뽑어 댄다.

손주가 놀릴까
어멈이 흉볼까
이 세상 잘난 놈 많지만
오늘만큼은 나도 '화가'다

오두막

꾸벅

그때를 생각하면
제가 고개를 들 수가 없습니다

비 오는 날에,
사춘기 또래들이 놀려 댈까 교문 기둥에 몸을 숨기고
아침에 깜빡 잊고 온 우산을 몰래 건네 주시던 어머니,
쏟아지는 빗속에서
흙탕물에 치마 걷어 올리며 쓸쓸히 돌아가는 뒷모습
멀리서도 보이는 구멍 난 우산으로
어깨 위는 흠뻑 젖었습니다.
창문 밖을 쳐다보는 친구들이 놀려 댈까
이웃집 아주머니라고 둘러대던 중학교 2학년,
그때를 생각하면,
제가 고개를 들 수가 없습니다.

김포 5일장,

해가 길고 따가워서

부채로 얼굴을 가려도 눈이 부신 늦은 여름,

읍내에 나가시는 어머니의 장바구니를 부여잡고

떼를 쓰며 따라 나섰습니다.

언덕길을 걷고 또 걷고

이마에 흐른 땀을 손바닥으로 닦아 주시던 어머니,

마을버스 타고 잠이 들었는지,

깨어 보니 엄마의 등 뒤엔 묵은 땀이 흥건하고

모른 체 눈 감고 등에 붙어 있던 6살 개구쟁이,

양갱과 사이다를 먹고 싶다고 졸라 대어

정작 설거지에 필요한 고무장갑을 사지 못하고

그 해 엄동설한 손등이 터지셨던 어머니

그때를 생각하면

제가 고개를 들 수가 없습니다.

IMF 불황기,

그럭저럭 아내와 아직도 학업 중인 아들 하나 딸 하나를 먹여 살리던
중년기

다니던 제2금융권이 속절없이 문을 닫고,

얼마 되지 않은 퇴직금으로 장만한 치킨 체인점,

저녁 8시면 손님이 없어 문을 닫고

집에 가고프지 않아 가게에서 텔레비전만 쳐다보았습니다.

첫째 아들 학원비는 시골에 계신 고모님이 보태 주시고,

둘째딸은 하고픈 피아노를 결국 끊어야 했던 못난 아비

올핸 고추 농사도 망치고, 폭풍우에 시골 지붕도 손봐야 하는 어머니,

아들이 기죽고 사는 것을 못 본다며

아내에게 오백만 원을 나 몰래 쥐어 주고

내 형편이 어려워 차마 돌려 드리지 못하고 나는 눈을 꼭 감았습니다

동지섣달 어머니 생신날 선물도 못 드리고

동네 곗돈 탔다고 오히려 150만 원을 내 주머니에 몰래 넣어 주시던
어머니

그때를 생각하면

제가 고개를 들 수가 없습니다.

떠나시던 날,

아버님 먼저 가시고, 홀로 사신 지 10여 년

집 앞 몇 평 안되는 텃밭에 조금 자란 풀도 무성해서 보기 싫다고

뜨거운 뙤약볕에 수건만 두른 채 호미 잡고 씨름하시던 어머니,

아들 나이는커녕 어머님 본인 나이도 모르시고,

아침저녁 드시는 치매약도 하루 이틀 걸러 드시더니

지난해 겨울, 결국 요양원이 편하다고 스스로 들어가셨습니다.

어머님은 여기가 즐겁고 넘어질 염려 없으니,

너희들이나 신경 쓰지 말고 힘든 세상 잘 넘기라 자식 걱정을 하십니다.

한 달 건너, 아니 바쁘다는 핑계로 두 달 걸러 면회하고

어머님보다는 자식들 먼저 챙기는 데 급급했던 세월,

어머님이 하늘나라에 가시고, 이제 내 가슴에만 존재하는 어머니

그때를 생각하면

제가 고개를 들 수가 없습니다.

원두막

3부

아름다운 청사진

치매예방
어르신
구연동화

동화 보러가기 →

[어르신 구연동화 프로그램]을
개발하면서

♦ '어르신 구연동화'란

　어르신 구연동화 프로그램은 노인치매 사전예방 및 경중 치매노인의 증상 악화를 방지하기 위하여 옛날 전래 동화/이솝 우화/위인전 등의 감동적인 내용을 E-Book을 통해 동영상으로 간략하게 들려주고, 사전에 준비된 사고력 증진 논술 과제물을 가지고 진행자/요양보호사가 어르신들과 자유롭게 대화하면서 어르신의 사고력(정신적)을 고취시키며, 행동 표현이 가능한 부분에 있어서는 연극 형태로 직접 몸을 움직이게 함으로써 율동감(신체적)을 향상시키는 [노인치매예방 논술 프로그램]입니다.

　기존에 보급한 어르신의 반응이 너무 좋았고, 진행하는 요양보호사와 보호자로부터 계속적인 요구가 있었으며, 타 요양센터에서도 전수받아 활용하고 있는 국내 최초 동화책을 활용한 인지 향상 프로그램입니다.

♦ 어르신 구연동화의 구성

1. 동화 전자책 E-Book(전래 동화/위인전/이솝 우화/안데르센 동화 200권)

2. 노인치매예방 논술프로그램 교재(내용 기억하기/퀴즈 맞추기/토론 형식)

3. 어르신용 크레파스

♦ 어르신 구연동화의 개발 배경

우리나라 국민건강보험 적용 기준을 분석해 보면 노인 인구가 작년 말 기준 17.5%임에도 불구하고, 노인 의료비가 43%를 차지하여 전체 의료비의 절반에 가까워진다. 이는 노인의 신체적 노화에 기인하지만, 기본적인 의료비 발생 요인은 정신적 치매 증상으로부터 발단이 된다고 한다.

이러한 사회적 환경으로 인하여 보건복지부에서는 지난 2008년 10월부터 노인요양보험제도를 도입하였고 요양등급(5등급 이내)의 중증 어르신의 사후 관리 차원에서 벗어나 지금은 경증 치매노인의 사전예방 및 노화 진행 속도의 완화에 초점을 맞추어 치매 등급 외를 신설하여 치매예방 프로젝트에 집중 투여하고 있다.

우리나라의 65세 이상 노인은 대부분 일제 침략 시대에 출생하여 6·25 한국 전쟁을 치루고, 1960년대에는 산업 근대화에 피와 땀을 흘려 대한민국을 지금의 선진국 반열에 진입한 시대적 디딤돌 역할을 하셨던 세대이다.

그들은 학교와 책이라는 용어에 익숙하지 못함으로써 역사적 이야기나 명작 소설을 체계적으로 접하지 못하였고, 자식과 손주의 대화 속에서 간접적으로 전달받는 수준이었다. 따라서 노인들은 명작이나 위인전 내용을 명확하게 숙지하지 못하였고 개괄적인 내용만 기억하고 있을 뿐이다.

삼형전

본 [노인 치매예방 논술프로그램]은 전래 동화/이솝 우화/위인전/외국 안데르센 동화집 등의 명작을 읽을 수 있는 기회를 제공함으로써 어르신들이 어린 시절 못다 한 학구열을 보충할 수 있고, 진행자/요양보호사/보호자와 면대면으로 토론하고, 주요 장면에 대해서는 어르신이 직접 주인공의 역할로 연기하도록 하여 노인의 정신적 치매예방은 물론, 신체적 운동을 겸하고, 나아가 못다 한 공부에 대한 욕구를 일부나마 충족시키는 효과가 있다.

◆ 프로그램 진행 방법

1. 진행자는 200여 권의 동화책(전자책) 중에서 진행하는 당일과 관계 있는 동화 내용을 선정하여 어르신에게 동화책의 교훈을 미리 알려 드린다.
2. 진행자는 동화책(전자책)을 동영상으로 약 12~15 페이지를 들려 드린다. 개인 상대일 경우에는 노트북, 단체일 경우에는 TV 모니터를 이용하면 효과를 높일 수 있다. 진행자는 한 페이지마다 부연 설명을 해 드림으로서 이해도가 낮은 어르신의 이해를 높이고, 어르신에게 흥미를 고조시킬 수 있다.
3. 진행 도중, 동화책 주인공 흉내내기 및 효과음 따라 하기 등을 통해 적극적인 참여를 유도한다.
4. 동화 내용 들려주기(15분) 직후, 동화 내용의 이해도를 향상시키기 위해 종이 교재를 이용하여 3~4가지 간단한 그림 퀴즈를 실시한다.
5. 어르신들이 동화 내용을 이해한 다음, 어르신의 추억을 되살릴 수 있는 설문 조사를 실시하여 어르신의 욕구도 조사하고, 가족이나 친구들과의 살아온 삶을 재조명하도록 유도한다.

서울 쥐와 시골 쥐

6. 동화 속 주인공이 되어 보도록 연기도 하고, 동화책 사진/그림에 색칠도 함으로서 동화책 한 권을 읽은 효과를 이끌어 낸다.

7. 마지막으로 동화책이 들려주는 교훈을 진행자와 함께 이야기한다. 가능하면, 다음 주에 들려줄 동화 내용을 알려드려 호기심과 기대감을 높여 준다.

8. 본 치매예방 동화논술 프로그램은 전자책 및 동화 논술 교재가 준비되어 있어 진행자는 별도 준비물 없이 진행이 가능하며, 프로그램 전체 진행 시간이 50분을 넘기지 않도록 한다.

◆ 기존 유아용 구연동화와의 차별화

기존의 [동화논술 프로그램]은 대부분 유아 및 초등학생 중심으로 제작되어 있어서 미래 사회생활에 교훈이 되도록 가르치고 있는 반면, 본 프로그램 저작물은 어르신이 과거 살아온 삶을 회상하고, 추억을 되살리게 함으로써 프로그램이 즐겁고 또 하나를 알았다는 보람을 느끼도록 구성하였다.

또한, 기존의 동화/명작을 가르치는 데 육아 전문 교육자 혹은 구연동화 전문가가 투입된다면 프로그램 운영비가 많이 소요되지만, 본 프로그램은 전자책(E-Book)을 보면서 요양보호사/보호자 등이 간단한 안내만으로도 프로그램을 진행할 수 있어 우리나라의 열악한 노인복지 재정에서도 상당한 실속을 얻을 수 있을 것이다.

◆ 프로그램 기내 효과

1. 어르신용 구연동화
제반 프로그램 중에서 시각/청각/촉각 등 오감을 자극하는 가장 효과적인 프로그램이라면 당연히 구연동화라고 생각한다. 이러한 구연동화를 어르신의 눈높이에 맞추어 새로이 개발한 [어르신용 구연동화]이다.

2. 어르신용 눈높이
동화책 속의 주인공을 따라 하는 연기 활동을 함으로써 어르신이 신체적 운동과 즐거운 기분을 느낄 수 있다.

3. 누구나 진행 가능
프로그램 진행자는 요양보호사/보호자 및 주변 사람이라면 누구나 어르신을 대상으로 프로그램을 진행할 수 있다.

4. 저렴한 비용
프로그램 대상자는 매우 저렴한 비용으로 치매 경중 및 중증 어르신 모두를 대상으로 진행할 수 있다.

5. 프로그램 부대 효과
프로그램의 결과물을 가지고 갈 수 있음으로서 어르신이 가정으로 돌아가면 이차적으로 자식/손주 간의 즐거운 대화 시간을 창출할 수 있다.

♦ <u>프로그램의 확대 보급에 대하여</u>

　본 [어르신 구연동화 프로그램]은 본인이 젊은 시절 컨텐츠 사업을 했던 경험을 되살려 어르신 눈높이에 맞게 새로이 편집하여 2014년 부터 요양시설에서 시범 운영하여 왔으며, 시행과정에서 겪은 오류를 개선하였고, 어르신이 즐겨 하시는 부분을 보완하여 2014년 [한국저작권위원회]에 저작권을 등록하고, 2015년에는 [특허청]에 상표 등록을 출원하였다.

　2020년 [한국시니어프로그램협회]를 설립하여 민간자격증을 발급하고 있으며, (사)한국노인장기요양기관협회와 공동으로 전국 요양시설에 보급하고 있다.

　특히, 노인장기요양보험제도 도입 10주년을 맞이하여 건강보험공단의 추천으로 [보건복지부 장관 표창]을 수여받은 바 있다.

치매
가이드북

Dementia Guide Book

[인공지능(AI) 기반의 치매관리시스템]을 개발하면서

나는 '치매와의 전쟁' 속에서 사회복지사로 살아간다. 우리 주변에는 육체적 고통보다는 정신적 고통에 시달리는 어르신이 많다. 보호자와 요양시설 종사자는 치매 어르신의 돌봄에 혼란을 겪는다. 너무나 다양한 증상에 올바른 처방이 없기 때문이다.

◆ 치매를 만난다면…

요양원에서 함께 살아가는 어르신의 일상생활 모습은 너무도 다양하다. 노환으로 허약해진 육체적 근력과 복수개의 만성 질환을 지니고 있는 신체적 하위 계층자이며, 알츠하이머, 뇌출혈/뇌경색, 파킨슨 등 여러 가지 치매 증상으로 요양원의 생활 모습은 천차만별이다.

더욱이 암 질환자 혹은 낙상으로 인한 고관절 수술 환자, 임종을 앞둔 어르신을 케어하는 요양원은 매일 특이한 사건이 복합적으로 발생한다.

이런 상황 속에서 어르신을 케어하는 요양시설 종사자가 대처하는 방법은 피상적이고 다소 방관자적 입장일 수밖에 없으며, 담당 계약 의사에게 문의헤도 즉각적인 대처 방안은 없다.

노환으로 발생하는 만성 질환자이기 때문에 일반 급성기 병원에서도 특별한 처방이 없어 돌려 보내기만 하고 심지어 병원 입원도 거부

당하는 경우가 많다.

게다가, 요양원에서 생활하는 어르신들의 보호자는 직접적으로 봉양하지 않으므로 요양원 직원으로부터 간접적으로 전해 들은 생활 정보만으로 올바른 대처를 할 수 없다.

만약, 급작스런 생활 속 안전 사고가 발생할 경우, 요양시설 종사자가 적기적소에 보호자와의 의사소통이 없었다면 케어 책임은 전적으로 요양시설에게 부과된다.

요양시설을 관리 감독하는 국민건강보험공단에도 입소자의 이러한 생활에 대처하는 매뉴얼이 없다. 전국에 소재하고 있는 요양시설이 각자 알아서 대응해야 하고 발생하는 안전사고의 책임도 요양시설이 담보해야만 한다.

요양시설 종사자는 입소자의 과거 병력, 후천적 질환, 신체적 특성, 타고난 성격, 가족 환경, 취미 생활, 경제적 능력, 심지어는 보호자의 성향까지 고려하여 최적의 판단을 최대한 빠르게 선택하여 입소자를 케어해야만 한다.

무엇이 정답이고 어떤 것이 올바른 선택인지 가이드해 줄 사람은 없다. 단순히 요양시설 종사자가 지난 경험과 직관에 의존하여 의사 결정을 해야 한다. 상기와 같은 상황 속에서 최선의 선택은 무엇일까.

내가 요양보호사라면, 내가 간호사라면, 내가 사회복지사라면 어떻게 행동해야 하나. 아니, 내 엄마라면 나는 어떻게 해야 하나.

◆ 이런 방안은…

전국에 소재하고 있는 요양시설(5,763개소, 2021년)에 입소하고 있는 요양시설 입소자는 16만 명에 이른다. 이렇게 요양원에 입소한 노약자/치매 입소자는 요양시설에서 생활하면서 갑작스런 이상 행동이

가족이 가장 힘든 질병 1위 치매

일상 속 작은 노력이
당신과 당신의 가족을
행복하게 합니다.

치매 예방 수칙
3.3.3

포천복지관 | 누리케어
지역상담센터 1899-0988

3권 (즐겨할 것)

🚶 일주일에 3번 이상 걷기
🐟 생선과 채소 골고루 먹기
📖 부지런히 읽고 쓰기

3금 (참아야할 것)

🚫 술은 적게 마시기
🚫 담배는 피지 말기
🚫 머리 다치지 않도록 조심하기

3행 (꼭 챙길 것)

🩺 정기적으로 건강검진 받기
👥 가족, 친구들과 자주 소통하기
❤️ 매년 치매 조기검진 받기

나타나거나 안전 사고가 발생하면 요양시실 종시지가 응급 대처할 수 있도록 종사자 각 부문별 통합회의를 통해 위험에서 벗어날 수 있다. 건강보험공단에서 장기요양급여 제공지침에 [사례관리회의]라는 의무 규정이 있기 때문이다.

사례관리회의란, 입소자가 최근에 정신적/육체적으로 특이한 증상을 보일 경우, 사전에 예방하여 더욱 심각한 상황으로 진전되는 것을 차단하기 위한 제도이다.

사례관리회의는 요양기관의 급여제공서비스 각 부문별 담당자가 모여 문제점과 원인을 분석하고 가장 적합한 케어 방법을 강구하고 이를 실행에 옮기고, 일정 기간 경과 후에 개선 효과를 기록하는 입소자의 생활 개선 대책회의라고 볼 수 있다.

이런 시스템은 우리 인간의 노화로 진행되는 치매/만성질환 증상으로 대학병원이나 일반 의원급 의료진들도 진료를 포기하는 상황 속에서 삶의 마지막 여정을 보다 안락하고 고통 없이 지낼 수 있도록 하는 생활 속 지혜를 도출하는 최고의 시스템이다.

그러나, 전국 요양시설이 이러한 [사례관리회의]를 통해 도출된 효율적인 처방을 각 시설이 자체적으로 보관할 뿐, 제3자에게 도움을 주거나 유사한 노약자의 남은 여생에 어떠한 역할도 하지 못하고 방치되어 있다.

요양시설에 입소하지 않은 재가급여서비스 대상자와 요양 등급 미인정자에게도 급작스런 이상 행동은 동일하게 나타나는데 이를 도입하거나 반영할 기회가 없는 실정이다.

본 발명은 전국 중대형 요양시설(30인 이상 시설)은 매월 한명의 입소자를 대상으로 시례관리회의를 실시해야 하고, 중형 요양시설(29인 이하 시설)은 분기별 1회 이상 사례관리회의를 실시해야만 한다.

이런 유의미한 사례관리회의 내용을 축적하여 빅데이터를 구축하

인공지능(AI 시스템) 구조도

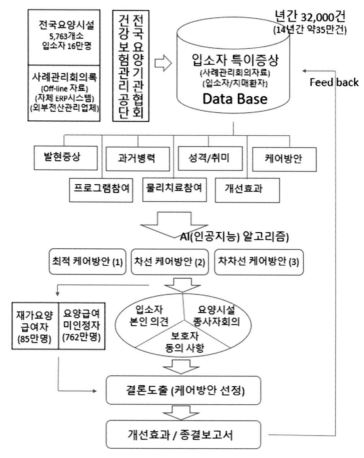

* 2020년 12월 건강보험공단 공시자료 참조

- 저자의 특허청 특허 출원 기술(2022년 3월 10일 자)
- 특허 출원 번호: 10-2022-0030009(DSA 접근코드 1B41)
- 발명의 명칭: 인공지능(AI)을 이용한 치매환자 케어시스템 및 방법

고, 인공지능(AI) 알고리즘을 적용한다면 전국 요양시설에서는 동일하거나 유사한 이상 증상이 발생할 경우 즉각적이고 더욱 바람직한 케어 방법이 도출될 것이며, 재가서비스 이용자 혹은 일반 재택 노약자/치매 어르신에게도 매우 유익한 처방 효과가 있을 것이다.

초기에는 기존 요양시설에 보관된 사례관리회의 자료에 한정하지만, 지속적으로 축적되는 데이터는 더욱 진화된 케어 방안을 제시해 줄 것이다.

더욱 바람직한 효과는 빅데이터로 도출된 최적의 케어 방안을 복수 개로 추출한 다음 노약자 본인이 스스로 자기의 삶을 선택하여 남은 삶의 여정을 본인이 꾸려 가게 하여 인간의 존엄성을 보장받을 수 있고, 또한 보호자의 의견을 수렴하여 케어함으로써 입소자 케어의 책임 한계를 요양시설과 보호자가 명확히 하고 분담할 수 있어 장기요양보험의 근본 취지를 살릴 수 있게 될 수 있다.

◆ 꿈을 현실로…

입소자가 지니고 있는 복잡하고 다양한 신체적/정신적/환경적 변수를 인공지능(AI) 기술에 접목한다면 가장 객관적이고 보편적인 케어 방안을 제시받을 수 있고, 그 결과값을 입소자 본인이나 보호자에게 동의를 구한다면 현 상황 속에서 가장 최적의 대안을 찾을 수 있을 것이다.

1단계 도출된 인공지능(AI) 결정이 최후의 선택이 되어서는 안 된다. 사람의 삶의 중요성과 개인의 선택권을 보장해 주어야 한다. 남은 여생이 고통스럽더라도 긴 여정을 원하는 사람이 있고, 힘든 고통을 원하지 않고 편안한 삶을 추구하는 사람도 있다.

노약자 본인의 선택과 보호자의 선택 사항이 다를 수 있다. 최종 케

인공지능(AI)을 이용한 치매환자 케어시스템 및 방법

건강보험공단 우수아이디어 공모전에서 [대상]으로 선정되어 건강보험공단 이사장 표창을 수여받았으며, 인공지능(AI) 시스템 구현을 기획하고 있습니다.

어 방법은 인공지능(AI) 도출 방안과 인간의 존엄성을 반영한 선택지가 실행에 옮겨진다.

물론 결정된 케어 방법이 궁극적으로 어떤 효과를 가져왔는지 Feed Back되고, 다시 축적된 케어 방법은 시간이 지나갈 수록 인공지능(AI) 프로그램을 더욱 진화시킬 것이다. 가장 최적의 솔루션을 제시받고, 삶의 가치를 본인 스스로 선택하는 생명의 존엄성을 보장해 주어야 한다.

이러한 인공지능(AI) 기술을 도입하고, 시간이 지날수록 축적된 데이터는 효율성을 높일 수 있으며, 입소자의 케어 방안은 더욱 진화될 것이며, 요양시설에 입소하지 못한 일반 재택 어르신들에게도 효과적인 케어 방안을 제시함으로써 활용 대상은 전국적으로 확대될 것이다.

에필로그

어르신을 모심에 있어
정성을 다 합니다.
그러나,
보호자의 기대만큼 충분할 수는 없습니다.

15년차의 노인장기요양보험제도의 변화는
오늘도 진행 중에 있습니다.

고인 물은 썩기 마련입니다.
부패한 것은 흘려보내고,
부족한 것은 채우고,
없는 것은 새로이 만들어 가야 합니다.

요양원은 요양병원과 달리
질병을 치료하는 곳이 아닙니다.
고통은 서로 나누고, 즐거움은 서로 공감하며
살아가는 우리의 삶터입니다.

남은 여생, 일시적으로 가족을 떠나 안전한 환경 속에서
새로운 친구들과 생활하는 곳이기에

인권을 보호받고,
개성은 지켜 주고,
잔존 능력을 유지시켜 주는 어르신의 생활 터전입니다.

이번에 독자에게 드린 카메라 속의 모습보다도
다음에 독자에게 드리는 카메라 속의 모습이
더욱 아름다워지도록 우리 모두 노력해야 할 것입니다.

2023년 계묘년

ⓒ 원종성 · 오형숙, 2023

초판 1쇄 발행 2023년 1월 15일

지은이   원종성 · 오형숙
펴낸이   이기봉
편집   좋은땅 편집팀
펴낸곳   도서출판 좋은땅
주소   서울특별시 마포구 양화로12길 26 지월드빌딩 (서교동 395-7)
전화   02)374-8616~7
팩스   02)374-8614
이메일   gworldbook@naver.com
홈페이지   www.g-world.co.kr

ISBN   979-11-388-1603-8 (03810)